Gwnaeth Duw y ddaear a'r môr.
Gwnaeth yr haul a'r lleuad.
Gwnaeth bopeth sydd yn y byd.

Fy
Meibl
Lluniau

**Felicity Henderson
a Sarah Beth Laver**

Yn y dechreuad, gwnaeth Duw y byd.

4

Dywedodd Duw wrthynt i ofalu am ei fyd. Rhoesant enwau ar yr anifeiliaid. Roeddent yn gweithio yn yr ardd roddodd Duw iddynt.

Dyn da oedd Noa

Yn y wlad newydd rhoddodd
Duw deulu mawr i Abraham.

Cafodd Abraham fab o'r enw Isaac.
Cafodd Isaac feibion o'r enw Jacob ac Esau.

Roedd Joseff yn byw yn yr Aifft.
Daeth ei deulu i fyw ato yno.

Arweiniodd Josua bobl Dduw i Wlad
yr Addewid. Rhoddodd Duw dir i'w bobl
gael byw arno.

Roedd y Brenin Dafydd yn byw yn Jerwsalem.
Addawodd Duw anfon brenin arall o'r enw Iesu.

Mab Duw oedd Iesu.
Daeth bugeiliaid i weld y baban arbennig.

24

Daethant i addoli'r brenin newydd.
Rhoesant anrhegion i'r baban Iesu.

Mab Duw oedd Iesu.

Gofalai am bawb.
Rhoddodd fwyd i bobl oedd eisiau bwyd.

Gwellodd Iesu bobl oedd yn sâl.

ⓑ Cyhoeddiadau'r Gair 2000

Testun gwreiddiol: Felicity Henderson
Darluniau gan Sarah Beth Laver
Addasiad Cymraeg gan Delyth Wyn
Golygydd Cyffredinol: Aled Davies
Cyhoeddwyd yn wreiddiol gan *AD Publishing Services Ltd*

ISBN 1 85994 241 5
Argraffwyd yn Tsieina

Cyhoeddwyd gan:
Cyhoeddiadau'r Gair,
Cyngor Ysgolion Sul Cymru,
Ysgol Addysg, PCB, Safle'r Normal,
Bangor, Gwynedd, LL57 2PX.

CYHOEDDIADAU'R
GAIR